Licht an!

Mein großes Entdeckerbuch

Licht an!

Mein großes Entdeckerbuch

INHALT

Am Nachthimmel

In klaren Nächten, wenn keine Wolken die Sicht trüben, kannst du am Nachthimmel unzählige Sterne entdecken.

Die Sterne

Manche Sterne scheinen zusammenzugehören.
Wir nennen sie Sternbilder.

Viele Sternbilder
sehen wie Tiere aus.

1 Walfisch
2 Schwan
3 Großer Hund
4 Skorpion
5 Großer Bär
6 Zentaur
7 Löwe

Kleiner Bär

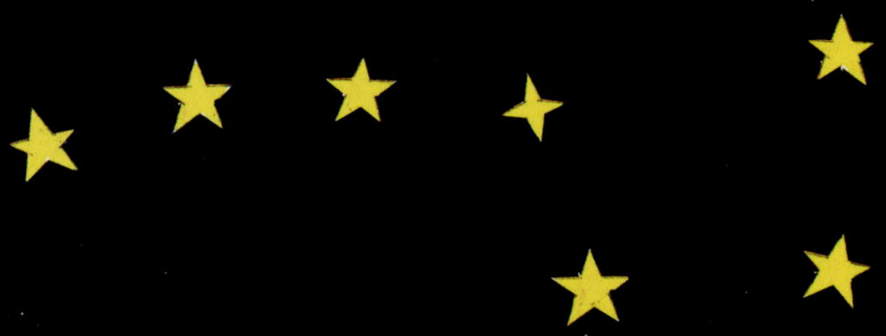

Großer Bär

Entdeckst du
das Fabelwesen,
den Zentaur?

Meist siehst du nur einen Teil des Mondes: Manchmal ist er nicht mehr als eine schmale Sichel. Nur bei Vollmond erscheint er rund und voll am Himmel.

Die Planeten

Die Planeten leuchten, weil die Sonne sie anstrahlt. Wissenschaftler beobachten sie durch riesige Fernrohre.

1 der Neptun, 2 der Uranus, 3 der Saturn, 4 der Jupiter, 5 der Mars, 6 die Erde, 7 der Mond, 8 die Venus, 9 der Merkur

1
2
3
4
5
6
7
8
9

Der Blitz

Ein Gewitter bricht los! Grelle Blitze zucken aus den schwarzen Regenwolken und erhellen den dunklen Himmel. Auf den Blitz folgt der Donner.

Blitze bestehen aus purer Energie! Sie entsteht in den Gewitterwolken. Wenn es blitzt, wird sie sichtbar.

Das Donnergrollen klingt gefährlich. Es ist aber nur das Geräusch, das die Blitze machen, wenn sich Energie in der Luft entlädt.

Blitze legen auf ihrem Weg mehrere Kilometer zurück. Dabei sind sie rasendschnell. Bis zur Erde brauchen sie nur den Bruchteil einer Sekunde.

Das Polarlicht

In der Nähe des Nord- und des Südpols leuchten farbige Lichterscheinungen am Nachthimmel. Diese Polarlichter sind ein wunderschönes Schauspiel!

Auch am Tag verändert sich der Himmel ständig.
Du kannst immer neue Wolkenbilder entdecken.
Und nach einem Regenguss erscheint manchmal
sogar ein Regenbogen.

Tiere im Dunkeln

Wenn du abends müde ins Bett gehst, werden manche Tiere gerade erst wach: Ihr Tag beginnt ...

Die Eule

Nachts geht die Eule geräuschlos auf die Jagd. Am liebsten verspeist sie kleine Tiere wie Mäuse.

Mit ihren scharfen Krallen packt sie ihre Beute und schwingt sich gleich wieder in die Luft.

Tagsüber sitzt die Eule gut versteckt in einem Baum und rührt sich nicht: Sie schläft!

RESERVE

Die Katze

Katzen sehen im Dunkeln sehr gut. Deshalb können sie auch nachts sicher über die Dächer spazieren oder auf Bäume klettern.

Katzen schlafen und dösen bis zu 16 Stunden am Tag. Nachts gehen sie dann auf die Jagd nach Mäusen und kleinen Vögeln.

Wie viele Katzen kannst du auf den Dächern entdecken?

Der Nachtfalter

Siehst du, wie die Nachtfalter
um die Lampe flattern?
Das Licht zieht sie
unwiderstehlich an.

Wie alle Nachtfalter hat auch
das Kleine Nachtpfauenauge
dunkle Flügel.

Die Schmetterlinge, die dir am
Tag begegnen, sind meist bunt.
Die großen Augen auf den
Flügeln des Tagpfauenauges
sollen Feinde abschrecken.

Die Fledermaus

Wenn es dunkel wird, verlässt die Fledermaus ihren Unterschlupf und geht auf Beutefang.

Wenn die Sonne aufgeht, kehrt sie zurück. Mit dem Kopf nach unten hängend verschläft sie den Tag. Ihre Flügel faltet sie dann wie einen Regenschirm zusammen.

Die Maus

Wenn es im Haus still geworden ist, krabbelt die Maus aus ihrem Mauseloch.

Das kleine Nagetier macht sich auf die Suche nach etwas Essbarem.

Anschließend huscht die Maus in ihr Versteck zurück. Ihre Jungen warten schon!

Der Igel

In der Dämmerung wagt sich auch der Igel aus seinem Bau hervor.

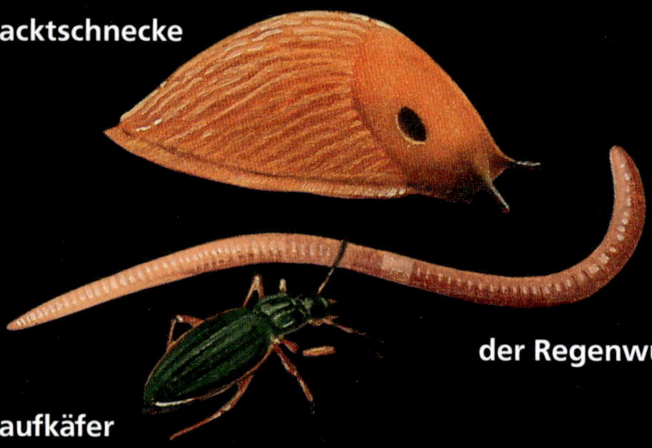

Hungrig geht er auf die Jagd nach Asseln, Würmern, Schnecken und Käfern.

Bei Tagesanbruch kehrt er in sein Versteck zurück. Hier rollt er sich zu einer Kugel zusammen und schläft ein.

Noch mehr Tiere der Nacht

Die Wildschweinmutter
heißt auch Bache.

der Frischling

der Siebenschläfer

die Kröte

Tiere der Tiefsee

Kein Lichtstrahl dringt bis zum Grund der Tiefsee vor. Dort unten herrscht immer Nacht! Die seltsamsten Tiere leben in dieser Dunkelheit ...

1 der Tiefsee-Beilfisch

2 der Pelikanaal

3 der Viperfisch

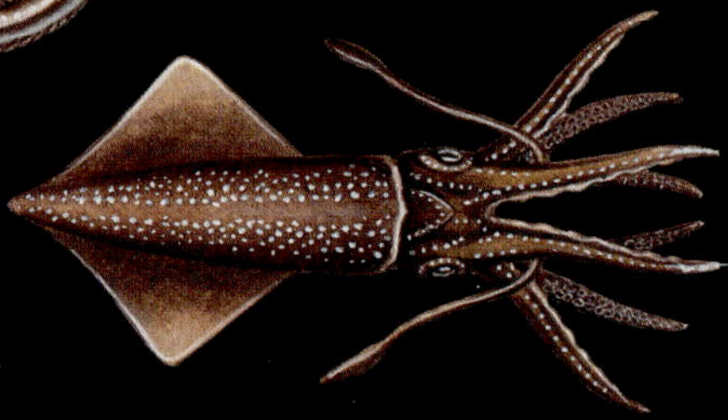

4 der Tintenfisch

5 der Anglerfisch

6 der Laternenfisch

Findest du die Tiere, die über den Meeresgrund spazieren?

Die Sonne geht auf. Nun wachen Schafe, Rehe und andere Tiere auf, die wie du in der Nacht geschlafen haben.

Nachts im Zoo

Die letzten Besucher haben am Abend den Zoo verlassen.
Jetzt werden manche Tiere erst richtig munter.

Bei den Reptilien

Schildkröten, Nilpferde und Krokodile aalen sich gern im lauwarmen Wasser. In ihren Gehegen ist es deshalb warm und feucht.

Das Krokodil und die Schildkröte gehören zu den Reptilien. Das Nilpferd ist ein Säugetier.

1 die Riesenschildkröten
2 die Krokodile
3 die Nilpferde

1
2
3
2
2

Bei den Raubtieren

Die meisten Raubtiere dösen am Tag in der Sonne. Erst in der Dämmerung werden sie aktiver und streifen durch ihre Gehege.

Das Fell des Panthers ist gefleckt. Den Tiger erkennst du an seinen Streifen.

1 der Tiger
2 der Schwarze Panther
3 der Puma
4 die Leoparden
5 der Löwe
6 die Löwenjungen
7 die Löwin
8 der Gepard

1
8
2
3
7
4
5
7
6

Im Wildgehege

Diese Tiere sind alle
sehr schnelle Läufer.
In freier Wildbahn
müssen sie oft weite
Strecken bis zur nächsten
Wasserstelle zurücklegen.

1 die Giraffen
2 der Afrikanische Elefant
3 die Kängurus
4 das Okapi
5 das Zebra
6 das Nashorn
7 die Strauße
8 der Bison
9 das Dromedar

Entdeckst du alle
Tiere, die Hörner
am Kopf tragen?

Bei den Vögeln

Solch einen riesigen Käfig nennt man Voliere. Die Vögel, die du darin siehst, kommen aus der ganzen Welt.

1 der Gelbhaubenkakadu 2 der Waldkauz 3 der Papagei 4 die Sonnensittiche 5 der Schmuckvogel 6 der Gouldnektarvogel 7 der Reisfink 8 der Beo 9 die Felsentaube 10 der Bienenfresser 11 der Gelbbrustara 12 der Hellrote Ara 13 der Blauköpfige Paradiesvogel 14 die Stieglitze 15 der Fischertukan 16 der Fasan 17 der Kronenkranich 18 der Pfau 19 der Hühnerfasan 20 der Rote Sichler 21 der Doppelhornvogel 22 die Bajaweber 23 die Turteltauben 24 die Kolibris 25 der Prachtfink 26 die Amadine 27 der Weißflügel-Staffelschwanz 28 der Spechtvogel

1
2
27
3
4
5
28
6
10
11
12
7
9
8
24
13
25
24
23
21
14
22
17
15
19
26
20
18
16

Im Affengehege

In dem großen Felsgehege leben die Affen. Sie schneiden gerne Grimassen und sind tollkühne Akrobaten.

1 der Mandrill
2 der Klammeraffe
3 der Sifaka
4 der Pavian
5 die Husarenaffen
6 der Schimpanse
7 der Orang-Utan
8 die Kattas
9 der Panama-Klammerschwanzaffe
10 die Blaumaulmeerkatze
11 die Weißnasenmeerkatze
12 die Paviane
13 der Gorilla

Der Gibbon schwingt sich mit seinen langen Armen von Baum zu Baum.

Welche Affen haben einen gestreiften Schwanz?

Bei den Bären und Robben

Sogar in den kältesten Gebieten der Erde, nahe bei den Polen, leben noch viele Tiere.

1 der Seelöwe
2 die Eisbären
3 die Braunbären
4 der Fischotter
5 die Pinguine
6 die Kegelrobbe
7 das Robbenbaby, der Heuler

Pinguine sind Vögel, sie können aber nicht fliegen. Dafür sind sie pfeilschnelle Schwimmer. Statt Flügeln haben sie Flossen.

5
7
1
2
5
3
7
6
3
2
5
4
5

Schlangen

Spinnen

Solche Glaskäfige nennt man Vivarien.

Grüne Leguane

Chamäleons

Am Morgen öffnet der Zoo seine Tore. Viele Besucher kommen, um die Tiere zu sehen. Doch manche von ihnen ziehen sich jetzt zum Schlafen zurück.

Nachts in der Stadt

In den Städten ist auch in der Nacht etwas los! Und während die meisten Menschen schlafen, sind andere hellwach bei der Arbeit.

Im Stadtzentrum

Nachtwächter bewachen Museen und wichtige Gebäude. Denn Diebe und Einbrecher sind oft im Schutz der Dunkelheit unterwegs

Taxis befördern auch in der Nacht Fahrgäste.

Die Feuerwehr ist rund um die Uhr in Alarmbereitschaft.

Manche Restaurants und Diskotheken sind bis in die frühen Morgenstunden geöffnet.

Auf den Straßen

Nachts rollen viele Lastwagen über die Landstraßen und Autobahnen.

Die Busfahrer lösen sich gegenseitig ab, damit die Fahrt auch nachts weitergehen kann.

Bei einer Autopanne ist der Pannendienst schnell zur Stelle.

Die Fernfahrer halten an den Raststätten. Sie tanken ihren Lastwagen auf, essen etwas und machen eine kleine Pause.

Im Krankenhaus kümmern sich Ärzte, Pfleger und Krankenschwestern Tag und Nacht um die Patienten.

Ein Notfall! Nun muss es schnell gehen. Die Sanitäter bringen den Kranken im Rettungswagen zur Klinik.

Auch bei einem Verkehrsunfall ist der Rettungswagen nach wenigen Minuten da. Die Sanitäter leisten Erste Hilfe.

In den Sortierstellen werden nachts Briefe und Pakete sortiert, damit sie so schnell wie möglich an ihrem Zielort ankommen.

Am Abend leert der Briefträger den Briefkasten.

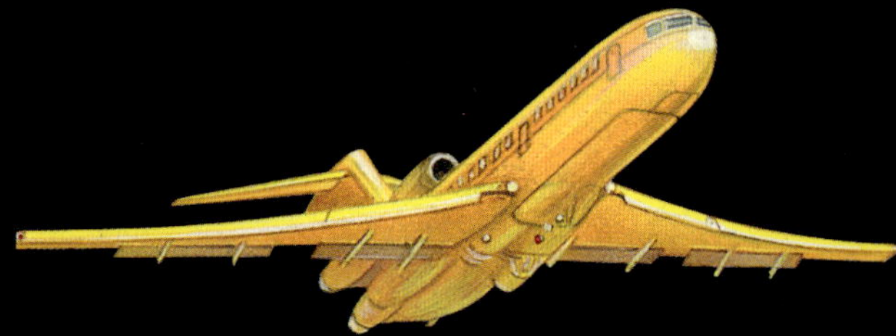

Die Post wird mit dem Flugzeug, mit der Bahn oder mit Lastwagen befördert.

Die Briefträger beginnen ihre Tour schon früh am Morgen.

Am Flughafen

Der Flughafen bleibt die ganze Nacht geöffnet. Hier starten und landen die Maschinen von früh bis spät.

Die Passagiere geben ihr Gepäck am Flugschalter ab.

Der Vorfeldlotse dirigiert das Flugzeug auf die Startbahn.

Auch viele Bahnhöfe bleiben 24 Stunden lang geöffnet. Hier halten die Nachtzüge.

Einkaufen bei Dunkelheit

Ganz früh am Morgen öffnen bereits die Großmärkte. Hier kann man Lebensmittel in großen Mengen kaufen. Restaurants und Geschäfte decken sich mit allem ein, was sie brauchen.

In manchen Ländern haben Geschäfte bis spät in die Nacht geöffnet.

Der Bäcker steht in aller Frühe auf und beginnt mit der Arbeit. Das Brot soll ja zum Frühstück fertig sein!

Wo kann ma
Blumen kaufe

Auf der Baustelle

Große Scheinwerfer beleuchten die Baustelle, damit dort auch nachts gearbeitet werden kann.

Das Betonmischfahrzeug mischt den Beton an und transportiert ihn zur Baustelle.

Der Löffelbagger hebt die Baugrube aus.

Im Steinbruch

In diesem Steinbruch stehen die Maschinen niemals still.

Der Radlader nimmt die Steine auf und schüttet sie auf den Muldenkipper.

Das alles versteckt sich auf den dunklen Seiten dieses Buches.

Findest du die Stellen mit deiner Taschenlampe?

Register

Komm mit auf Entdeckungsreise mit der Taschenlampe!

Diese spannenden Themen hält die Reihe „Meyers kleine Kinderbibliothek – Licht an!“ außerdem für dich bereit:

Das ägyptische Grab
Nachts auf der Baustelle
Sturm auf die Burg
Im Reich der Dinosaurier
Leben im Dschungel
Nachts im Garten
Hexen, Elfen und Gespenster
Am Himmel und im Weltall
In Höhlen und Grotten
Geheime Kammern und Verliese
In den Nestern der Insekten
Wunderwelt Körper
Tief im Meer
Der Schatz der Piraten
In der Polarnacht
Schätze und Wracks
Nachts in der Stadt
Unter der Stadt
Tiere unter der Erde
Tiere der Nacht
Tiere im Zoo
Tief im Wald
Im Zirkus

Titel der Originalausgabe: Que se passe-t-il la nuit?

Idee: Delphine Gravier-Badreddine
Illustrationen: Ute Fuhr und Raoul Sautai, Henri Galeron, Donald Grant, Héliadore, Gilbert Houbre, Pierre de Hugo, Sabine Krawczyk, Sylvaine Peyrols, Pierre-Marie Valat
Text: Barbara Heller
Redaktion: Andrea Essers
Herstellung: Verona Meiling
Printed in China

ISBN 978-3-411-07078-7

Meyers Kinder- und Jugendbücher